Serie Misterio en Español

El Candelabro

Santiago Fierro Escalante

Copyright © 2016 Santiago Fierro Escalante
Córdoba, Argentina
All rights reserved.

Fotografías de Portada: Shaun Fisher (Foggy Night)
y MamboZ (Horror Eyes)

Todos los derechos reservados. Ninguna parte de este libro puede ser reproducida por cualquier medio (incluido electrónico, mecánico u otro, como ser fotocopia, grabación o cualquier sistema de almacenamiento o reproducción de información) sin el permiso escrito del autor, a excepción de porciones breves citadas con fines de revisión.

CATEGORÍA: Terror/Misterio/Suspenso

Impreso en los Estados Unidos de América

ISBN-13:
EISBN:

I

Ema apuró el paso, las suelas de goma de sus zapatos de enfermera produjeron infinitos chirridos sobre el piso de hule perteneciente a uno de los tantos pasillos ubicado en el tercer piso del Hospital San Cándido.

El día había sido agotador. El comienzo del invierno duplicaba las internaciones, y ella era una de las tantas enfermeras que debía correr asistiendo a los enfermos. La sala tres era la más complicada, pues allí se derivaban los pacientes con infecciones bacterianas y otras dolencias infecciosas resistentes.

El final de la jornada de ocho horas que dejaba atrás lo había estado esperado durante varios días. Era viernes, último día de su turno.

Suspiró agotada, pero aliviada, pues sabía que finalmente descansaría sábado y domingo. Aprovecharía para terminar ese libro que hacía semanas no tocaba. Acomodaría la casa, regaría sus plantas y miraría películas recostada en la cama.

Esos proyectos le levantaron el ánimo. Deseó olvidar por un momento que había asistido a los últimos minutos de vida de la anciana de la cama siete. A pesar de estar acostumbrada a ello, estar en presencia de la muerte la arrojaba hacia ese oscuro lugar en el que no deseaba estar. Recordó el semblante de la mujer. Los ojos desorbitados por el dolor. La boca entreabierta en una mueca grotesca. La piel amarillenta.

Sintió náuseas al pensar que ese cuerpo se estaba enfriando rápidamente en la morgue del Hospital. Ema sabía que la mujer no tenía familiares que reclamaran su cuerpo, además la anciana había expresado por escrito su deseo de ser cremada. La joven recorrió el resto del tercer piso y tomó el ascensor que la llevaría en pocos segundos a la planta baja.

Una vez allí cruzó el Hall de entrada del Hospital, cruzándose solo con algunas enfermeras y médicos que entraban a cumplir sus turnos. Todo estaba marcado por la rutina. Nada parecía romper la monotonía de aquella madrugada.

Dos ambulancias estaban estacionadas frente a la entrada de emergencias, aunque parecía no haber movimientos que indicaran de que se trataba de algo urgente o grave.

Una vez fuera, la muchacha se metió de lleno en aquella madrugada detestable. El viento soplaba cada vez más fuerte, originando tormentas de hojas que se arremolinaban sobre su abrigo de invierno. Notó que el aire era más y más húmedo a medida que el rocío de la mañana que se aproximaba dejaba caer sus minúsculas gotas sobre la ciudad que dormía.

Sin proponérselo volvió a pensar en la muerte. Ponderó en esos misteriosos momentos en que se deja de respirar y el cuerpo deja de ser un vínculo para convertirse en una marioneta burlesca.

—*No quiero pensar en la muerte*— se dijo mientras atravesaba el estacionamiento.

Maldijo en voz baja. Si el electricista no se hubiese demorado en reparar el circuito del motor de su coche el día anterior, en este momento estaría abriendo la puerta de su automóvil, se subiría y en segundos estaría cruzando el pavimento humedecido para tomar el camino a casa.

Pero no, esa noche Ema recorría la única calle que nacía en el lado oeste del estacionamiento para caminar rápido hacia la parada del bus que la dejaría a dos cuadras de su casa.

Con movimientos rápidos levantó el cuello de su abrigo de paño azul, apretó la cartera contra el costado de su cuerpo y apuró el paso. Un escalofrío recorrió su espalda al percibir el eco de unos pasos detrás de ella. Se paró en seco y se dio la vuelta. Nada.

—Estoy susceptible— se dijo.

Se cubrió la boca con la bufanda de lana y continuó caminando, aunque estaba visiblemente temerosa. A cada paso volteaba su cabeza para comprobar si había alguien detrás.

Al llegar a la parada del bus 165 sintió algo de alivio. El lugar estaba más iluminado que el trayecto que había realizado. El ver acercarse el transporte que esperaba le volvió el calor a su cuerpo.

La joven subió al bus, se sentó y trató de relajarse, quedando algo adormilada mientras se sucedían una tras otra las calles que la acercaban a su casa.

Al aproximarse a la avenida en la cual debía bajarse se levantó y tocó el botón para anunciarle al conductor que descendía en esa parada.

—*Dos cuadras más y estoy en casa*— se dijo. Caminó más relajada por ese camino familiar. Al llegar a la esquina una frenada la dejó sin aliento. Todo ocurrió instantáneamente.

La camioneta, los vidrios polarizados, el forcejeo, dos brazos como tentáculos que la arrojaron dentro del automóvil. El dolor intenso en la cabeza. La oscuridad.

Ema trató de abrir los ojos. Luchó contra un velo espeso que se empeñaba en mantenerla del otro lado de lo real. Apretó los párpados, intentando aclarar su visión. Al cabo de unos instantes su mirada se clavó en unos ojos de azul intenso que destilaban profundo odio.

Trató de levantarse, sin embargo su cuerpo se mantenía aferrado a una superficie dura. Intentó despegar sus brazos sin éxito. Sus muñecas y tobillos estaban atados con precintos a una madera astillada y envejecida.

La joven comprendió su situación, había sido secuestrada, y ese sujeto la tenía a su merced. Puso en alerta máxima todos sus sentidos. ¿Dónde estaba? ¿Qué había sucedido?

El hombre de ojos azules se había ido del lugar, lo supo cuando dejó de escuchar su respiración jadeante. De su presencia solo quedó el olor acre que emanaba su cuerpo.

Ema gritó desde sus vísceras. Fue un alarido que se enterró en cada ladrillo del cubículo oscuro en el que la había escondido. Sintió miedo, pero no era un miedo común, sino ese temor que se trepa a los huesos y hace que el cuerpo tiemble en convulsiones y escalofríos.

Su cabeza daba vueltas mientras la giraba de un lado a otro tratando de reconocer algún minúsculo detalle que le aportara datos. En el Hospital había aprendido que a veces un detalle, un mínimo dato puede bastar para reconocer frente a quién se encontraba. Debía hacer uso de ello.

En su desesperación suplicó:

—No me dejes aquí, por favor. ¡Vuelve! ¡Vuelve! — Sus palabras se perdían como un hueco en el tiempo.

Del otro lado de la puerta el extraño apoyaba su oreja a la superficie pulida de la abertura. Gozaba, gozaba del miedo, de la impotencia de la joven. Se deleitaba pensando en la sangre que derramaría hasta darle muerte.

Ema cayó en un ensueño provocado por el golpe que el hombre le había proporcionado en el momento de secuestrarla. Su cabeza era un ir y venir de imágenes. La muerte se hizo presente como una gran señora vestida de blanco y tules.

Al despertar percibió la mirada del extraño sobre ella. Abrió los ojos.

— ¿Qué quieres de mí?— preguntó.

—Ya me lo estás dando— contestó el extraño.

— ¿Qué es lo que quieres? Déjame, por favor. Déjame ir, prometo que no se lo contaré a nadie.

El hombre pasó los dedos por el delgado hilo de sangre que Ema tenía pegado sobre la frente. Luego llevó el dedo índice a la boca, degustando su sabor, como si se tratara de un dulce.

La joven volteó la vista hacia un costado. La escena de sí misma le revolvía el estómago. ¿Quién era ese hombre? ¿Qué quería de ella? Solo era una simple enfermera. Sabía que no se trataba de pedir dinero para un rescate, se trataba de algo mucho peor.

El extraño se levantó y fue hacia un armario. De allí sacó un cuchillo de hoja larga que brilló en la penumbra del lugar. Volvió al lado de Ema, quien se revolvía de temor y angustia. Con el movimiento de sus brazos intentando huir, los precintos se enterraban cada vez más y más en la carne de sus muñecas. Gotas de sangre manchaban la tabla que la sostenía como una cama mortal.

El dolor que le provocaban las heridas llegaba hasta su cerebro advirtiéndole el peligro. Jadeaba y se retorcía intentando zafarse, pero era imposible. El hombre se agachó hasta quedar casi acostado sobre ella, pero Ema lo miraba con ojos desorbitados.

— ¡No me hagas daño, te lo suplico! ¡No me lastimes!

El extraño tenía la boca semiabierta, y de sus comisuras brotaban finos hilos de saliva, mientras una sonrisa perversa se dibujaba en su rostro.

Ema veía acercarse la punta del cuchillo a su rostro. Cerró los ojos apretándolos tanto que le dolió.

— ¡No! ¡Por favor!… ¡No me lastimes!

El hombre apoyó la punta del cuchillo sobre el rostro de Ema deslizándolo por sus mejillas. La chica tembló. Ante cada sacudida y gemido de miedo, él respondía con un gruñido de placer.

—¿Qué quieres de mí? ¡Por favor! ¡Haré lo que tú quieras, pero no me hagas daño! ¡Por favor! ¡Haré lo que tú quieras! ¡Tranquilízate! –dijo la muchacha tratando de calmarlo. Hacía lo mismo con los pacientes que tenían algún problema mental.

—Esto es lo que quiero.— respondió él, pasando el cuchillo sobre la garganta de Ema. —Esto me tranquiliza, tu miedo, tu dolor, tu sangre.

La chica pensó que se trataba de un maldito psicópata. Sin embargo, trató de mantener la calma. Esa sería la única manera de sobrevivir. Debía usar su inteligencia y su cordura. En esto último estaba en superioridad de condiciones respecto a su secuestrador.

El hombre se levantó y dejó el cuchillo sobre un cajón que oficiaba como una improvisada mesa. Se llevó las dos manos a la cabeza. Se sentó en el suelo. A Ema le pareció más perturbado que nunca.

Sacó fuerzas de donde no creía tenerlas y con voz cariñosa le dijo:

— ¿Te duele la cabeza? Yo puedo ayudarte. Soy enfermera.

Luego de unos instantes, en los que claramente aquel extraño se debatía entre el dolor y la confusión, gritó:

—¡Cállate! ¡Cállate! ¡Déjame en paz!— exclamó mientras empuñaba nuevamente el cuchillo sobre el bello rostro de la joven.

— Quiero ayudarte. Haré lo que tú quieras. ¡Háblame, por favor! Yo puedo ayudarte. ¡Te lo juro!

El extraño la miró. Su mirada reflejaba casi el mismo temor, la misma angustia que se había apoderado de Ema desde el momento en que se percibió maniatada y secuestrada por ese perverso personaje. Pero en este momento no había lugar para el odio. Debía luchar por su vida, y lo haría utilizando la forma que fuera para salvarse.

El extraño se volvió a llevar las manos a la cabeza, era evidente que algo le ocurría.

—¿Te duele? ¿Es eso? ¿Te duele? Yo podría ayudarte.

El hombre se fue relajando ante la voz pausada de la chica.

—¿Tú duermes?— preguntó, quebrando por primera vez su voz.

—Sí, poco… pero duermo.

—Yo no puedo. No puedo. Hace días, tal vez semanas que no duermo. —la voz del extraño sonó como el grito de un animal herido —No puedo dormir. — prosiguió— Lo único que me tranquiliza es esto, dijo mientras apoyaba el cuchillo sobre el rostro de Ema. —Sí, me tranquiliza tu miedo, tu angustia. Solo así me siento feliz.

Ema tembló, la situación era más compleja de lo que jamás hubiera imaginado. ¿Cómo detener a ese individuo? Estaba loco. Totalmente loco.

Sin embargo, la única salida posible a ese infierno consistía en utilizar su inteligencia, y debía hacerlo rápidamente. Debía haber alguna forma de abordar la mente de ese perverso personaje.

— *Yo puedo hacerlo* — se dijo para sus adentros. Sin embargo, no tenía ni la más remota idea de cómo iba a hacerlo.

—Déjame ayudarte —dijo la joven con tono firme y decidido.

El hombre miró a Ema como si ella fuera una fuente inagotable de felicidad.

—¿Sabes contar historias?— preguntó el captor.

Ema recordó cuando les contaba cuentos a sus hermanos, a sus primos y a sus amigos en salidas de fin de semana. Sí, era buena en eso. Una idea iluminó su mente. La única posibilidad que tenía era contarle historias con las que él experimentara la misma sensación que cuando tenía el control sobre la vida y la muerte de las personas.

Se lo propuso en un instante, a lo que el extraño de ajos azules respondió:

—¿Estás loca? ¿Crees que cambiaría unas historias y me perdería el placer de esto? — exclamó mientras clavaba la punta de su puñal en el dorso de la frágil mano de la joven.

Ema se retorció de dolor, el extraño rió, emitiendo un sonido gutural que rebotó en las paredes de aquel recinto donde había sido confinada su víctima.

—¡No me hagas daño! ¡Te lo suplico! ¡Déjame contarte lo que sé! Son historias reales.

El miedo invadía su cuerpo y su alma, no obstante, la muchacha estaba dispuesta a luchar por su vida. La herida era dolorosa, pero no era demasiado profunda.

El hombre dudó.

—Pruébamelo. Si me convences, te dejaré ir mañana.

Ema respiró profundo, sabiendo que esta era su única oportunidad de sobrevivir.

*****

II

La ciudad se encontraba envuelta en un espeso manto de niebla. El sonido de los neumáticos sobre el pavimento parecía entonar melodías desacompasadas mientras la gente iba y venía por las calles a la hora de la entrada a las oficinas.

Aún se encontraban encendidas muchas luces que delataban la imprevista llegada del amanecer. De los faroles se desprendían halos iridiscentes que se entremezclaban con la bruma de la mañana. La mayoría de las personas iban a su lugar de trabajo. Todos se dirigían hacia su rutina laboral, a excepción de Pedro.

Pedro no se dirigía a ninguna parte, no buscaba ningún lugar ni tenía nada nuevo por hacer, ni ese día ni ningún otro. Él ya tenía un sitio en el que se sentía cómodo, un espacio que le daba esa sensación de pertenencia a la que muchos terminan por llamar hogar. Por ahora solo caminaba mientras contaba los pasos que daba de una esquina a la otra.

—Ochenta y cinco, ochenta y seis... ochenta y siete...

Esa es una de las pocas cosas que mantiene presente: contar. Pedro nunca fue a la escuela. Cosas de la vida, dirá la gente. Cosas del pasado, dirían quienes supieran algo acerca de su historia.

De regreso de la caminata su cuenta era regresiva.

—Ciento nueve, ciento ocho, ciento siete...

Esa rutina era su mayor ocupación diaria, su entretenimiento.

Su andar era inseguro, y su cuerpo se balanceaba a ambos lados, asemejándolo a un tentempié que no lograba mantener el equilibrio.

Pedro no iba jamás a ningún lado. Él solo caminaba y contaba sus pasos mientras su cabeza, algo más voluminosa que la de la mayoría de las personas, se movía sin proponérselo. Él trataba de mantenerse quieto, pero rara vez tenía éxito en este cometido.

Su abrigo tenía el ruedo descocido, ajado de tantos inviernos. Llevaba el pantalón atado con un cordel de hilo grueso y sucio. Un gastado suéter de lana abrigaba su pecho. Un gorro tejido cubría su cabeza y lo resguardaba de las lluvias. Unos viejos borceguíes militares aislaban sus pies del frío del pavimento.

¿Por qué Pedro no iba jamás a ningún lado? Era una pregunta que muchos se hacían a medida que lo cruzaban, pero la gente estaba demasiado ocupada con su rutina como para detenerse y averiguarlo. Él solo caminaba devorando el día para volver a su lugar, a su "hogar" en el callejón lindante a la calle principal donde Pedro caminaba en su derrotero sin fin. Su refugio se hallaba en una caja de un televisor gigante. Esa enorme caja de cartón rígido cubierto con un nylon negro que había encontrado en un contenedor oficiaba de techo y puerta. Dentro de su habitáculo había un viejo colchón raído y sucio, trapos y ropa que había conseguido en la calle y que le habían dado en el albergue.

Al mediodía, a solo unas pocas cuadras de donde se encontraba en este momento, había un Comedor Comunitario donde a veces se presentaba para alimentarse. Allí ya conocían a Pedro. Tal vez esas personas, las que le dan de comer, eran unas de las pocas que conocían su verdadera historia.

—Hola Pedro. ¿Cómo estás?- le preguntó el encargado del comedor.

—Bien. Bien.— respondía Pedro sin entusiasmo alguno.

—¿Caminaste mucho hoy? — volvió a preguntar el hombre, mirándolo y compadeciéndose de Pedro, tan viejo y miserable.

—Mil doscientos ochenta y cuatro. Un montón.

Pedro sonrió y la mueca de su risa permaneció en su rostro durante unos minutos.

—Caminaste más que ayer— agregó el encargado, tratando de animarlo. Así lo hacía cada vez que lo veía.

—Mil doscientos ochenta y cuatro. Un montón.— volvió a repetir Pedro, sin embargo esta vez, al decirlo, no sonrió.

—Pasa Pedro. Pasa — agregó el hombre al ver que Pedro se quedaba parado y la fila de indigentes no podía avanzar.

—Mil doscientos ochenta y cuatro. Un montón.— siguió repitiendo la misma frase que sonaba ahora como un murmullo mientras caminaba hacia adentro del edificio.

En el comedor esperaba por ellos una mesa larga cubierta con un lienzo de hule blanco, y también esperaba por Pedro.

Cada uno de los comensales, bandeja en mano, tomaron asiento. Todos comían sin decir palabra, salvo por Pedro, que sólo comió dos panes embebidos en la salsa del guiso. De vez en cuando levantaba la mirada de la bandeja y mirando a sus compañeros decía en voz baja:

—Mil doscientos ochenta y cuatro. Un montón. Caminé un montón.

Lo cierto era que Pedro no tenía conciencia de más allá de su persona. Su vida era apenas una simple continuidad del pasar de las horas.

Los que lo conocían no le prestaron atención. Los que no lo conocían se mantuvieron al margen, nadie quería involucrarse con él.

Uno de sus compañeros de ocasión le pidió las sobras de la comida.

—¿No lo comes? ¿No te gusta? — preguntó el hombre que se sentaba junto a él.

Pedro lo miró como si fuera transparente e hizo un movimiento de cabeza en señal afirmativa. El hombre tomó la bandeja de Pedro sin preguntarse por qué había comido solo dos panes untados en salsa.

Nadie dijo nada al respecto. Todos querían pasar desapercibidos. Comer y luego irse. Algunos a mendigar, otros a algún trabajo transitorio. Todos querían simplemente su comida para poder seguir con sus actividades y continuar con sus vidas. Pero Pedro no iría a ningún lado, él ya tenía su lugar.

Desde el otro lado del salón, Mariano, el encargado del Comedor, observaba a Pedro en su rutina diaria, la cual consistía en comer pan con salsa y nada más que eso. No podía imaginar qué podría haber pasado con la torturada mente de este hombre, ni tampoco adivinar qué fue lo que lo llevó a este actual destino.

En más de una oportunidad, compadeciéndose de Pedro, intentó acercarse y sostener una conversación con el fin de lograr que Pedro tuviera algún tipo de conexión con el mundo real, pero sus intentos se habían visto frustrados.

Mariano llegó incluso a pedir colaboración a la sicóloga del albergue en este intento. En la última oportunidad que lo había tratado, Pedro se había puesto muy violento, razón por la cual Mariano desistió y dejó que Pedro siguiera abstrayéndose de la realidad.

*****

III

Pedro estaba a solo cinco cuadras de su refugio. Su hogar desde hacía cuatro años.

Pasaba las horas sentado sobre el alfeizar de la vidriera de una casa de empeños a la que acudían a todas horas diferentes clases de personas apremiadas por la urgencia de conseguir dinero rápidamente.

El negocio se llamaba *Fortuna* y su dueño, compadecido ante aquel peculiar personaje, lo dejaba dormir bajo el alero del callejón del costado de su tienda.

En realidad Pedro nunca había mostrado señales de agresividad, era tranquilo y gastaba sus horas en otro de sus pasatiempos: contar las monedas que la gente solía arrojarle al pasar.

Pedro las contaba una a una y las atesoraba dentro de una lata oxidada por el tiempo y tal vez algún que otro recuerdo.

—*Esta noche me voy a ir a la cafetería*— se dijo.

Sí, esa noche, como casi todas desde que se refugiaba frente a la casa de empeños, iría a comprar su cena.

Tomó varias monedas de la lata y las contó con cuidado, para luego atravesar las dos calles que lo separaban de su comida favorita, de su manjar.

La tarde pasaba envuelta en el frío del invierno. Pedro parecía no sentirlo. Las estaciones se le sucedían nada más que por el cambio de ropa o tal vez porque percibía, desde su abrumada realidad, que el día duraba un poco más.

El Señor Sánchez, dueño de la tienda, cerró con candado la puerta de Fortuna, iría a cenar con su esposa y sus hijos.

—Adiós Pedro. ¡Cuídate! —le dijo al pobre hombre mientras cerraba.

—Adiós. Adiós, señor Sánchez — respondió Pedro agitando su abultada cabeza que se empeñaba en describir órbitas imprecisas.

—Ten cuidado — agregó el dueño. Aunque no lo pareciera, quería a Pedro, hacía tanto tiempo que lo veía ahí, tan solo y vulnerable.

El señor Sánchez terminó de colocar el cerrojo y comenzó a transitar su camino a casa.

Una hora después, Pedro escondió la lata oxidada entre sus pertenencias y tomó el carrito de supermercado en el que guardaba todo aquello que era importante para él y que lo acompañaba en la vida. Caminó hacia la cafetería. Dejó el carrito afuera y se acercó al mostrador.

Frente al mostrador habían cinco butacas desocupadas. Pedro se paró junto a una de ellas, ya que siempre escogía la misma. Estaba empecinado en mantener rutinas que no se quebrantaban.

Desde los parlantes que colgaban del techo sobre las plantas artificiales se escuchaba una canción de rock.

La empleada, una joven simpática que siempre le sonreía, se acercó a él y lo saludó:

—Hola Pedro. ¿Qué se te ofrece? ¿Lo de siempre?

Pedro la miró con la avidez de un niño al que se le están ofreciendo caramelos. La risa dejó ver su boca desdentada. Estaba feliz.

—¡Lo de siempre! — exclamó, mientras pensaba en el manjar que comería.

La muchacha se dio vuelta y retiró del estante que se encontraba detrás de ella dos panes tostados. Fue hasta el recipiente donde se acumulaban decenas de pequeños sobres de mayonesa, mostaza y kétchup y eligió varias bolsitas de éstos últimos.

Dispuso todo lo elegido en una bandejita transparente y lo colocó sobre el mostrador frente a Pedro.

—Aquí tienes, hombre. Tu cena.

La joven se preguntaba cómo podría comer eso día tras día. Ella ya llevaba dos años en la cafetería y Pedro no había cambiado jamás su preferencia en cuanto a la comida.

Al ver los panes y la salsa roja, que adivinó dentro de los paquetitos, Pedro se relamió la boca. El porqué de su gusto por aquel menú era un enigma.

Pedro buscó en sus bolsillos y sacó un par de monedas que minutos atrás había contado frente al negocio de empeño. Las monedas sonaron sobre el mostrador de mármol. Luego se dispuso a retirar su cena. Sus manos temblaron cuando tomó la bolsa que la empleada le había preparado.

La joven juntó las monedas y las guardó en la caja registradora sin siquiera mirar. En realidad el pago era una mera formalidad, ya que ellas ni alcanzaban para pagar el pan, pero había un acuerdo con el dueño de la cafetería de darle a Pedro esa comida.

Ella lo hacía con gusto. El pobre hombre pagaba con sus monedas y todo se manejaba con normalidad.

Pero esa noche algo cambió en la rutina que Pedro vivía cada noche. Al llegar al frente de Fortuna, Pedro vio un perro que se había acostado en el lugar donde él descansaba por la noche. Pedro miró nuevamente al cuzco, pero el animal no llamó su atención más que para echarlo del sitio.

—¡Fuera, perro! ¡Ese lugar es mío!— gritó Pedro ofuscado, mientras la bolsita con la comida que había traído para disfrutar en la comodidad de su improvisado hogar se balanceaba al compás de su cuerpo.

—¡Fuera, perro!— volvió a gritar. Esta vez su cara se había transformado en una mueca grotesca.

El animal se paró, se estiró y volvió a recostarse, dejando ver que una de sus patas estaba lastimada y sangraba. Era evidente que no podía caminar, cosa que Pedro, en su estupidez, no logró interpretar. Él no veía más allá que lo que su mente le mostraba. Y a veces era muy poco. Demasiado poco.

La furia pareció adquirir la forma del cuerpo de Pedro, quien arremetió contra el animal, entablándose una lucha cruel dónde dos débiles se lanzaban a conquistar el triunfo o la muerte.

Pedro tomó una botella vacía de cerveza que se encontraba tirada en la vereda. Al romperla contra el pavimento, el vidrio explotó en un sonido seco y mortal.

Convertida en arma, la botella en sus manos le dio el poder de decidir el destino del indefenso animal.

La debilidad del perro corrió en desventaja, pues Pedro descargó sobre él furiosas y sangrientas estocadas, mientras la bolsita con su cena se balanceaba, colgada de su brazo derecho.

Cada movimiento de su brazo arrasaba con la carne y los huesos del pobre e indefenso animal. La violencia quedó plasmada en un manojo inerte de carne, vísceras y sangre. Ni un solo aullido acompañó al pobre perro en su lecho de muerte.

¿Defendía Pedro su lugar o simplemente la violencia y la muerte eran parte de su vida, de su historia?

Nadie lo supo esa noche.

*****

IV

Puso el cadáver del perro en el carrito de supermercado y se dirigió a su refugio. Lo tapó con una bolsa en la que guardaba algunas de sus cosas y se dispuso a sentarse en su lugar para cenar.

Encendió los restos de una vela para iluminarse, acomodó frente a él una caja pequeña que ofició como improvisada mesa y colocó los dos panes tostados que la empleada de la cafetería le había entregado.

En la tenue luz que lo envolvía se dispuso a cenar. En ese momento miró sus manos teñidas de rojo y su mirada se dirigió a la bolsa donde se encontraban los restos del animal. De la misma se escurrían espesas gotas de sangre, las cuales ya habían formado un enorme charco color escarlata debajo del carrito del supermercado.

La reacción de Pedro fue instantánea. Guardó los sobres de la salsa kétchup que estaban sobre su mesa, tomó los dos panes tostados, se arrodilló junto al carro y los colocó sobre el charco de sangre, dejando que los mismos absorbieran su espesura.

La cara de Pedro se iluminó. Recogió los panes y se aprestó a disfrutar del más maravilloso manjar que había probado en muchos años. Mientras introducía el pan en su boca, restos de sangre y migas de pan se escurrían por la comisura de sus labios. Esta vez Pedro comió con mucho más placer que en otras oportunidades. Esos sabores le eran familiares, mucho más que su habitual kétchup.

Su mente se disparó hacia lugares remotos del pasado. Su conciencia no le permitía asociar hechos y recuerdos, pero algo en su confundida mente sufrió un shock que ni él podía describir. Después de comer se levantó, y empujó el carrito hasta un descampado, arrojando el cadáver del perro sin que nadie allí lo viera.

Una vez que terminó, se arrastró medio tambaleante hasta su rincón para abrigarse entre los cartones sucios y húmedos que oficiaban de cama. Su vista se perdió en la nada, mientras el sueño lo empujaba más y más hacia ese borde donde su pasado se hacía presente. La noche pasa entre confusiones y despertares. Pedro se revuelca en su rincón como así también en su mente.

*****

V

Al llegar por la mañana, el tendero le preguntó a Pedro qué era esa gran mancha oscura en la vereda.

—¿Sabes qué ocurrió, Pedro?— le preguntó el señor Sánchez, señalando el lugar donde se había librado la batalla cuerpo a cuerpo entre Pedro y el perro.

—No lo sé— mintió Pedro.

Era verdad, no recordaba lo ocurrido. Después de esas crisis él ya no recordaba nada de lo acontecido.

El dueño de la tienda entró al negocio. Luego de limpiar el local, acomodó la vidriera que daba a la calle. Los ojos de Pedro se movieron al compás de los movimientos del dueño de la casa de empeños.

Una nueva adquisición de la tienda había capturado la atención del indigente. Era el objeto que el señor Sánchez había recibido la tarde anterior de manos de una pareja de ancianos, y que hoy exhibía en su escaparate. Los ojos de Pedro parecían salirse de sus órbitas, su mandíbula temblaba al igual que el resto de su cuerpo.

Se trataba de un candelabro de bronce muy antiguo. El objeto parecía recién pulido, y a pesar de que no se trataba de una gran pieza de colección, por un momento devolvió al vagabundo a otra época. Ese candelabro abrió para Pedro la puerta hacia un pasado con el que pocas personas estaban familiarizadas.

Una de ellas era la doctora Benjamín. Ella lo sabía, se había encargado de Pedro en su internación hasta que por razones que fueron externas a ella, el hombre quedó en la calle.

Sara Benjamín fue la tutora de Pedro por más de diez años. El muchacho fue traído por primera vez por su padre y luego por el personal judicial a la ciudad después que se suscitara el acontecimiento más escalofriante en la historia de esa pequeña localidad cercana a la capital. Fue una historia sumamente comentada por los diarios.

La doctora Benjamín se había interesado en la historia de Pedro desde el momento en que había llegado al Hospital Providencia. Ella tenía una maestría en siquiatría. En esa época era muy joven, tenía apenas veintiocho años cuando conoció a Pedro. El tenía doce años y ya presentaba síntomas que no encajaban en ninguna otra patología conocida, sin tener en cuenta el déficit mental con el que había nacido.

Sara Benjamín sentía que el niño era todo un desafío para ella. Se propuso llegar al fondo del problema, aunque tuvo que reconocer que al final la ciencia poco pudo hacer por Pedro y su familia.

Cuando sus padres lo trajeron para evaluarlo y diagnosticarlo, la doctora Benjamín decidió hospitalizarlo. Creía que vigilándolo de cerca y haciéndole la batería de estudios que estaba programada en ese entonces podría llegar a un diagnóstico favorable que le permitiera abordar el grave problema que presentaba Pedro.

Sus padres colaboraron en darle a la doctora todos los detalles sobre el niño. Pedro había llegado al mundo muy poco iluminado, rozando la deficiencia mental, sin embargo al matrimonio no le importó. Deseaban un hijo y lo amaron desde el mismo momento en que se anunció su existencia.

Lamentablemente, a medida que el niño iba creciendo, no solo le resultó imposible desarrollar su inteligencia, sino que se volvió agresivo e incluso peligroso para con su propia familia.

La conducta habitual en el chico era agredir a los animales y romper todo lo que le venía en las manos. Su madre hacía lo imposible para conservar la calma y mantener al niño lo suficientemente alejado de otros pequeños, dado que Pedro se mostraba muy agresivo con sus pares. Mordía, arañaba y pateaba como si fuera un animalito que se está defendiendo de un ataque.

Para él no había juegos en la plaza ni tampoco arena ni baldecitos. Las hamacas le gustaban, y esa actividad era algo que lo mantenía en cierta calma cuando el juego se elevaba por el aire. Esos eran algunos de los pocos momentos en que su madre lo vio reír como un niño normal.

Una tarde la familia recibió a una prima con sus dos hijos. Un niño y una niña. Pedro parecía estar tranquilo, sin embargo, a las pocas horas se desató la furia incontrolable. En un instante en que quedó solo, Pedro tomó a la pequeña de sus trenzas y le prodigó un tremendo mordiscón en la mejilla. La niña dio un alarido que se escuchó en toda la casa. Pedro fue castigado luego del incidente, pero la niña tuvo que lidiar con la marca en su rostro durante el resto de su vida.

Todo era confuso para los padres, pues nada de lo que hicieran o dejaran de hacer cambiaba el comportamiento del niño. En varias ocasiones viajaron a la capital y consultaron con diferentes doctores recomendados por familiares y amigos. Estos profesionales eran especialistas que atendían problemas neurológicos y siquiátricos de extrema gravedad.

Después de realizarle todos los estudios, los médicos no llegaban a dar un diagnóstico preciso. Lo único cierto era que Pedro no era un niño como los demás, su agresividad y falta de conciencia lo aislaban del grupo familiar y social.

Fue en ese tiempo cuando conocieron a la doctora Sara Benjamín y hospitalizaron a Pedro para su posible diagnóstico.

*****

VI

Las semanas en el Hospital Providencia se sucedían entre pruebas de test sicológicos y de laboratorio. Sara se encargaba de las sesiones con Pedro, aunque nunca logró conectarse con el niño del modo que ella lo hubiera deseado. Muy por el contrario, a medida que pasaban los días, Pedro se mostraba cada vez más aislado, tendiendo a manifestarse agresivo.

Una tarde, después que su madre se fue del Hospital, el pequeño adolescente estaba muy alterado. Reclamaba sus panes tostados y las enfermeras no le prestaron atención al pedido, pensando que simplemente se trataba de otro capricho del niño.

Una de las asistentes de la doctora Benjamín se arrimó a la cama de Pedro para intentar calmarlo, pero cuando el muchacho vio que se acercaba, le mordió la oreja con tanta furia que le arrancó el lóbulo izquierdo a la mujer. La enfermera desesperada empujó a Pedro y corrió hacia la puerta de la habitación mientras gritaba desesperada en pedido de auxilio.

La doctora Benjamín escuchó los gritos desde el pasillo y acudió rápidamente. Lo que vio ese día no podría olvidarlo jamás. Pedro se encontraba sentado sobre la cama. De su boca apretada manaba la sangre de la enfermera.

—¡No lo hagas Pedro!— gritó la mujer, alertando al niño.— ¡No lo comas!

Pedro la miró sin ver. En realidad su mente no comprendía lo que estaba sucediendo.

—¡No lo comas Pedro! ¡No mastiques!— Sara se fue acercando a Pedro con lentitud, para evitar asustarlo. Estaba impresionada por el incidente.

No supo si Pedro había comprendido finalmente la magnitud de lo que había hecho o si fue una simple casualidad. Lo cierto es que escupió el trozo de oreja que le había segmentado a la pobre enfermera.

Después del incidente ya no hubo quien se prestara a atender las necesidades del niño, y a pedido de sus padres fue dado de alta, para luego ser trasladado a la casa familiar.

Esa fue la primera vez que el Hospital Providencia tuvo bajo su techo a Pedro.

Al llegar a la casa nada fue lo mismo. La tristeza y la desazón se habían apoderado de la familia entera. Mientras tanto, el tiempo iba pasando y Pedro se desconectaba más y más de la realidad.

Su único espacio era su habitación, así que sus padres se preocupaban de atender sus necesidades de niño proveyéndole de infinita cantidad de juguetes. En todo su cuarto siempre habían soldaditos, aviones y cuentos que él disponía a su antojo.

Una tarde, su madre entró para pasar un rato con él y llevarle sus preciadas tostadas, pero una horrible imagen la tomó por sorpresa. Pedro había ahorcado al gato que desde pequeño había dormido con él. Por si eso no fuera suficiente, le había pinchado los ojos. Inmovilizada, y todavía con su mano en la puerta, contemplaba una terrible escena que no olvidaría jamás y que la llenaba de temor.

—Pedro, ¿qué has hecho, hijo?— la mujer se echó a llorar mientras el niño se acercaba y tomaba con delicadeza, de las manos de su madre, las tostadas que inmediatamente comía con enorme placer.

La madre se hacía preguntas todo el tiempo. ¿Qué debía de hacer con su hijo, con su niño, aquel que había deseado con todo su corazón?

Para que su padre no supiera qué había sucedido, la mujer envolvió al gato con un suéter viejo y esperó a que la mucama se fuera de compras. Luego tomó una pala y cavó un pozo en el jardín cercano a la casa. Cuando el hoyo fue lo suficientemente profundo, colocó al animal en él y lo cubrió con la tierra removida.

Esa misma tarde, al llegar su marido a casa, comentó al pasar que no veía a su mascota desde el día anterior, y que suponía que se había escapado.

—¡Qué lástima!—le dijo a su marido— Lo queríamos tanto. ¿Crees que volverá?

El hombre tenía tantos problemas en su cabeza que no le dio mayor importancia al comentario que le hacía su esposa.

—No te preocupes. Lo más probable es que vuelva, ya verás— contestó él, muy superficial.

La mujer se sintió desconsolada, pues amaba a su marido y no deseaba mentirle, sin embargo si le decía la verdad de lo ocurrido lo más probable era que él decidiera volver a internar a Pedro. Y temió que esta vez fuera para siempre.

A partir de ese momento la madre comenzó a ser más cuidadosa con las acciones de su hijo. No invitaba a nadie a la casa y rogaba que ningún familiar viniera sin aviso.

El hogar, después de los últimos actos de violencia por parte del niño, se había convertido en una verdadera cárcel tanto para Pedro como para su familia, que poco a poco perdía la paciencia.

*****

VII

Una mañana en la que Pedro vagaba por la casa, ocurrió una tragedia que cambiaría para siempre la vida de su madre y la de todos los habitantes del hogar.

El ama de llaves había terminado de limpiar la casa y se disponía a realizar las compras. Para ello le pidió, como era habitual, las llaves del automóvil a la madre de Pedro. Dos kilómetros separaban la casa de campo en la que vivían del centro de la pequeña ciudad. Allí todos conocían a la mujer que tres veces por semana realizaba las compras en las tiendas de verduras y carnes.

—Señora, ¿me puede dar las llaves del automóvil?— dijo con voz serena— Solo tardaré una media hora.

La madre buscó en su cartera y sacó las llaves que le dio de inmediato a la empleada doméstica. La mujer tomó el llavero y salió de la cocina con ellas en la mano, camino al frente de la casa donde se hallaba estacionado el auto.

La madre de Pedro quedó en la cocina hirviendo patatas para el almuerzo. En la radio sonaba una melodía animada. La cocina estaba bañada por la luz de la mañana de primavera. Todo parecía estar bien en el hogar. Nadie imaginaba que en pocos instantes se iba a desatar una tragedia.

El vapor de la olla hirviente dibujaba una nube sobre la cocina, la madre levantó la tapa de la cacerola para verificar si los vegetales estaban en su punto, cuando Pedro entró en la cocina. La mujer no se sintió alarmada por la presencia de Pedro allí, ya que en los últimos días se había mostrado más atento que otras veces y no había presentado signos de agresividad. En realidad para ella era un alivio verlo.

El niño se acercó e inclinó la cabeza hacia un costado, como lo hacía siempre. Estiró sus dos brazos hacia su madre. Ella creyó que quería abrazarla. Se sintió feliz. En ese mismo momento Pedro saltó hacia un costado y tomó por las agarraderas la olla con el agua hirviendo. No le importó quemarse las dos manos en ese acto demencial.

Como un poseído, arrojó el contenido de la cacerola hirviente sobre su madre, que había quedado paralizada ante semejante acto.

El grito desgarrador de la mujer alertó al ama de llaves, que justo en ese momento estaba por colocar la llave en el encendido del automóvil. Abrió la puerta con la velocidad de un rayo y corrió hacia la casa. Sabía que algo grave había ocurrido por el alarido desgarrador que había escuchado. Y ese algo tenía que ver con Pedro. Estaba segura.

Al llegar a la cocina quedó paralizada en la puerta, todo era catastrófico y aterrador. La madre estaba tirada en el suelo, empapada en agua hirviente. Ya se comenzaban a ver las ampollas en las piernas de la mujer, que era donde había dado el mayor volumen del agua hirviendo.

—¡Dios mío, señora. ¿Qué ha ocurrido?— exclamó, al tanto que la socorría.

La madre no dijo que había sido obra de Pedro. Temía que si lo contaba el padre lo sacaría de la casa, y ella no podía vivir sin él.

—Se me cayó la olla— dijo— No sé cómo sucedió. ¡Ayúdeme!

La empleada la ayudó a levantarse y le colocó hielo en las quemaduras, para luego aplicarle una pomada que trajo del botiquín del baño de servicio. Luego le vendó las heridas y la acompañó al dormitorio principal para ayudarla a acostarse y descansar. Las marcas de las heridas producidas por Pedro aquella mañana la acompañaron el resto de su vida.

Pedro almorzó como siempre sus dos porciones de pan tostado con salsa dulce y roja. A pesar de que seguía en la casa familiar, nada se desarrollaba normalmente en la familia.

La gota que derramó el vaso ocurrió una tarde de primavera, cuando una de las hermanas de su padre que vivía en la ciudad llegó a la casa para pasar unos días en el campo. Ella aprovechó la ocasión para estar junto a su hermano y toda su familia. Sin embargo ellos, avergonzados de los problemas de Pedro, nunca le habían contado del calvario que los acompañaba día y noche.

La tía no sabía lo agresivo y peligroso que era su sobrino. Tanto el padre como la madre decidieron no decir nada y extremar las medidas de seguridad sobre el niño, que a estas alturas ya era casi un adolescente.

—No sabes lo contenta que estoy de estar con ustedes— les decía a la pareja —Pero me siento alarmada por Pedro. ¿Todo está bien?— la joven tía estaba realmente preocupada por su sobrino, ya que sentía que al niño algo le sucedía.

—No te preocupes, Pedro está bien. — contestó la madre.

—Bueno, tú sabes que desde que nació ha tenido algunos problemitas, pero no es nada para inquietarse. Nada que no podamos resolver.

La joven mujer se tranquilizó con el comentario de su cuñada. Al fin de cuentas, nadie mejor que su madre para saberlo todo sobre Pedro. La semana venía sucediéndose sin problemas, y los padres estaban más relajados. Pensaban que tal vez los problemas de Pedro habían pasado, ya que el jovencito parecía mucho más tranquilo. De hecho, parecía más tranquilo que nunca. Aún así el matrimonio no veía la hora de que la tía se fuese. Tenerla en la casa significaba mucha tensión para ellos.

En la tarde del viernes la cocina parecía una pastelería. Sobre la mesa estaban desparramados paquetes de azúcar, harina, frascos de mermeladas, chocolate y mil cosas dulces. La tía había dispuesto una sorpresa, haría unas tortas para dejarle a su sobrino cuando volviera a la ciudad. La tía estaba batiendo unos huevos, cuando en ese momento entró Pedro a la cocina.

—Hola Pedro. Mira lo que estoy haciendo.

El niño parecía no escucharla, sin embargo la tía no se percató de ello, ya que estaba muy entusiasmada con la preparación de la torta.

—¿Quieres batir los huevos conmigo?— preguntó. El niño se acercó a la mesa y su tía le ofreció el tenedor.

El joven tomó el otro recipiente que le ofreció su tía y comenzó a agregar harina y otros elementos para mezclar la preparación de la torta. Todo se desarrollaba normalmente y sin ningún problema, cuando de la nada, entre un vértigo de imágenes que se superponían, vio cómo Pedro alzaba su mano, la llevaba hacia atrás y hacia arriba asestando de un violento golpe con el tenedor la mano de su tía.

Fue tan impulsivo y tan fuerte el golpe, que el tenedor quedó clavado en el dorso de la mano de su tía, la atravesó, y los dientes del tenedor quedaron clavados en la madera de la mesa. La escena era aterradora, la mujer gritaba y lloraba en forma desconsolada.

La sangre iba ganando espacio sobre el mantel de la mesa, que absorbía las espesas gotas color púrpura. En cuestión de instantes, los gritos de la joven atrajeron a todos los integrantes de la familia. La primera en llegar fue el ama de llaves, que abrió la puerta de la cocina.

—¡Dios mío!— exclamó, aterrorizada.

La joven la miró con ojos de espanto.

—¿Qué ha ocurrido aquí? ¡Válgame Dios!

La tía de Pedro no articulaba palabra, nada más sollozaba del dolor y el espanto ante lo acontecido.

Pedro estaba parado al lado de la mesa con el tarro azul de las tostadas abrazado a él. Por su expresión tranquila y serena parecía que nada había tenido que ver con la sangrienta escena que se presentaba en la cocina.

—¿Fue él?— preguntó el ama de llaves. —¿Fue Pedro?

La pobre mujer asintió con la cabeza. Su mano estaba literalmente enclavada en la tabla de la mesa.

En ese instante entró la madre de Pedro, que había corrido desde el jardín, ya que se encontraba regando sus rosas. El camino hasta la casa se le hizo interminable. Al llegar a la entrada de la cocina su corazón pareció detenérsele, en lo más interno de su ser sabía que los gritos tenían que ver con Pedro, no cabía ninguna duda. Y así era, empujó el picaporte temblando.

Todo estaba en la esfera de lo irreal, era un cuadro salido de una mente maquiavélica. Lo primero que vio fue a su cuñada, la cara de la joven estaba desencajada por la gravedad de lo acontecido.

Pasó su mirada a la mano clavaba en la mesa y de su garganta brotó un grito de horror.

Segundos después entró el padre, que no entendía nada de lo sucedido. Solo miraba a Pedro y a las tres mujeres que estaban aterrorizadas.

En cuestión de segundos su mente decodificó lo sucedido. Corrió hacia su hermana y tan rápido como pudo despegó el tenedor de la mesa. Con el tenedor aún clavado en la mano de la joven, el padre de Pedro llevó a su hermana en brazos hasta el living de la casa, porque no se atrevía a sacarle los dientes del tenedor de la mano.

—No te muevas — le dijo mientras la apoyaba con suavidad en el sillón.

En ese momento la chica se desmayó, su cabeza quedó inclinada sobre su hombro izquierdo. La madre y el ama de llaves intentaron reanimarla.

Todos atravesaban un estado de shock menos Pedro, que continuaba en la cocina comiendo tostadas. No querían llamar a nadie, ni siquiera a un médico para que los ayudara, pues de ser así, deberían contar lo que había ocurrido y el resultado de ello sería volver a internar a Pedro en ese horrible Hospital donde ya nadie quería atenderlo, salvo la doctora Benjamín.

El padre regresó al living con el botiquín de primeros auxilios. Se sentó junto a su hermana y colocó un desinfectante sobre la mano de la joven. Con suavidad pero seguro de lo que hacía tomó con firmeza la parte del tenedor que sobresalía y tiró hacia atrás con fuerza. El cubierto salió de la carne de su hermana empapado de sangre.

—Nadie debe saber lo sucedido hoy aquí— dijo el padre, con tono autoritario. —Nadie.

—¡Pero, señor! — exclamó el ama de llaves. —Lo ocurrido es muy grave.

La madre lloraba sin parar.

—Desde luego que es grave. ¿Usted cree que no lo sé?

La tía de Pedro fue despertando. Un fuerte dolor la abrazaba.

—¡Fue él! ¡No lo puedo creer! ¡Fue él! — dijo la mujer, dirigiéndose al padre de Pedro. El llanto apagó las palabras de su hermana.

—Lo sé, querida. Pedro tiene problemas muy graves, pero no te preocupes, nosotros nos encargaremos de él. No va a hacer daño a nadie más. Te lo prometo.

La madre de Pedro dejó de llorar. No podía darse el lujo de desbordarse en momentos como ese. El ama de llaves, que estaba con ellos desde el momento en que Pedro nació, se retiró a su dormitorio. Quería dejar sola a la familia para que tomara sus decisiones. Rogó a Dios que no se equivocaran, porque lo que estaba sucediendo era espantoso para todos.

En muchos momentos ella había considerado irse de la casa, pero le daba mucha lástima el niño y los padres, a quienes cada día parecían sumársele años.

Al cabo de unas horas la mano de la joven tía estaba vendada. Su hermano se había ocupado de ello. Su cuñada le había ayudado a hacer las maletas y el taxi venía en camino. En breve se iría de la casa.

Una bocina quebró el silencio de la habitación.

—El taxi ha llegado — anunció el ama de llaves.

—Debo irme — dijo la joven tía —Prométanme que tomarán los recaudos para que Pedro no dañe a nadie más.

—Te lo prometo — respondió su hermano.

Se despidieron con un abrazo y la fuerte promesa de ser precavidos con el niño. Apenas se marchó la joven, padre y madre se dirigieron a la cocina, donde Pedro aún estaba parado junto a la mesa con el tarro de tostadas. Era como si se hubiera detenido el tiempo. Como si para él nada hubiese ocurrido. Su cuerpo se balanceaba de un costado al otro y en su rostro la pasividad había logrado dibujar una careta de paz.

Los padres se miraron por unos instantes. La madre lo tomó del brazo y logró moverlo. Luego lo condujo hacia su dormitorio. El niño se dejó llevar manso como una oveja. Por la noche, durante la cena, el padre anunció una medida que creía podía resolver el problema de Pedro.

—Debemos recluirlo en el desván. Allí estará seguro y estaremos todos seguros.

*****

VIII

El padre estaba consternado, no era eso lo que había imaginado para su hijo ni para ellos. Él deseaba una familia normal, o por lo menos con problemas que pudieran resolverse en el ámbito social normal. Sin embargo la realidad era otra completamente. Pedro no podía resolver su agresividad en el terreno familiar y los padres no querían hospitalizarlo.

—Querido, eso lo va a matar. Nos va a matar a todos, no podemos encerrarlo allí.

—No hay alternativa, es encerrarlo en el desván o llevarlo al Hospital Providencia. No podemos hacer otra cosa. Si pudiéramos, te juro que lo intentaría. Yo soy su padre y deseo lo mejor para él.

—Mañana pondré en orden el cuarto. Lo haré lo más confortable posible. Te lo prometo.

Era evidente que el padre deseaba poner la máxima custodia sobre Pedro. El día comenzó con sonidos de martillo y sierra. Los quehaceres de la casa seguían la rutina normal de todos los días, salvo por el padre quien, en lugar de ir a su trabajo, se había quedado en la casa para reparar y acomodar el desván. Ese sería el acotado hogar de Pedro por los años que vendrían.

Ya al mediodía se dispuso a pintar la habitación. Utilizó una pintura clara del color del agua, supuso que con ese color su hijo se sentiría más libre, como si el cielo se hubiera prendido a las paredes.

Una vez que embelleció el cuarto se dedicó a llevar adelante su plan de seguridad. En la ferretería había comprado un cierre de seguridad para las ventanas. Tomó el taladro e hizo los agujeros para asegurar los tornillos. Al cabo de media hora los cierres de seguridad ya estaban colocados.

El padre probó abrir la ventana, tiró del pomo de la celosía varias veces. Para su tranquilidad la ventana se mostraba hermética. Había logrado su cometido. El baño que tenía el desván, si bien era pequeño, serviría para dar la comodidad en el momento en que Pedro lo necesitara. Trabó el ventiluz que se hallaba sobre la ducha y que daba afuera con el mismo cierre de seguridad con el que había trabado las ventanas. El destino siguiente era la puerta de entrada a la habitación.

Allí el problema se complicaba, pues tendría que trabajar desde afuera. Colocaría un pasador a la altura del picaporte. De esa manera, si alguien se olvidaba de cerrar con llave, había una segunda opción de trabar la puerta con el cerrojo.

Al finalizar la tarde el desván estaba finalizado y adaptado para Pedro. La madre estuvo todo el día pendiente de cualquier sonido que provenía de la habitación de su hijo. Le había llevado su almuerzo, con la mala idea de cambiar la rutina de la comida. Había preparado una deliciosa tortilla y había sentido deseos de compartir ese agradable alimento con su hijo.

Desde la cocina llevó la bandeja al cuarto de Pedro. Golpeó la puerta, como siempre lo hacía, para que Pedro no se sobresaltara si entraba de improviso. Al entrar, el niño se adelantó con la idea de comer, como era habitual en él, los dos panes tostados con salsa kétchup. Allí sobrevino el ataque de furia.

Al darse cuenta que no estaban los panes, tiró la bandeja de metal contra el suelo. El plato se estrelló contra el piso, partiéndose en varios trozos de loza. La tortilla había sido el punto de quiebre de esa tranquilidad ficticia que lo había acompañado durante horas. Ahora se mostraba el verdadero carácter de Pedro, enteramente agresivo y muy peligroso.

Los gritos eran como aullidos de animal. La madre salió lo más rápido que pudo de la habitación y le trajo sin detenerse los dos panes tostados y la salsa kétchup. Eso tranquilizó a Pedro, pero no a su madre que, a pesar del profundo amor que sentía por su hijo, se sintió conforme por primera vez con la decisión que había tomado su marido: encerrar a Pedro en el desván.

Aunque la idea era tan descabellada como la personalidad de su hijo, ella no quería que se fuera de su hogar e internarlo en el Hospital Providencia. Prefería tenerlo encerrado en su casa cerca de ella y de su padre.

Una vez que terminaron de cenar, los padres se dispusieron a trasladar a Pedro al desván. El tema era cómo hacerlo. ¿Se dejaría llevar Pedro sin oponer resistencia? Eran las siete y media de la tarde. Ellos cenaban temprano. Eso les daba suficiente tiempo para llevar adelante el plan que tenían antes de acostarse. Se levantaron de la mesa y fueron los dos hacia la puerta de la habitación de su hijo. La madre no golpeó esta vez. Entró. Luego entró el padre. Una vez dentro, los dos se acercaron a Pedro.

—Ven, Pendro. Vamos a dar un paseo. Es aquí cerca. Unos minutos nada más. — La madre trataba de parecer cariñosa, sin embargo le temblaba la voz. La decisión que había tomado era demasiado fuerte para ella.

Pedro se dejó llevar por su madre en un primer momento, sin embargo, cuando comenzó a subir los primeros escalones del camino que lo llevaría a su encierro, se desprendió del brazo de su madre y comenzó a aullar como un animal. La mujer corrió asustada al lado de su marido.

En el living, Pedro corría de un costado a otro. Volteó floreros y varios portarretratos, para luego arremeter contra el televisor que, a causa del golpe asestado por el niño, cayó dando un sonido estruendoso contra el piso. El padre levantó los dos brazos en señal de que no tenía nada en sus manos.

Con lentitud se fue aproximando a Pedro, que ahora estaba arrojando libros y otros objetos contra las paredes. Al alcanzarlo lo rodeó con los brazos, abrazándolo, para luego inmovilizarle las manos contra su cuerpo.

—Tranquilízate, Pedro. No lo hagas más difícil. Tenemos que ir arriba.

Pedro se dejó llevar por su padre. La madre los seguía por atrás. Fueron subiendo uno a uno los escalones de madera. Tal vez fue esa la primera vez que Pedro comenzó a contar sus pasos. Pasos que lo llevaban hoy, y sin que él pueda saberlo, hacia el encierro de por vida.

La madre se adelantó en los últimos escalones y abrió la puerta del desván. Entraron los tres y ella se dispuso a arreglar la cama para su hijo. Lo ayudó a acostarse y le dio las dos tostadas que tanto le gustaban. Pedro sonrió al ver el rico manjar con que su madre lo premiaba. Sonrió.

El único contacto que a partir de ese momento se entabló entre Pedro y su madre era durante el momento de la comida. La mujer subía al desván con un vaso de agua y dos panes tostados con salsa de tomate, ya que eso era lo único que el muchacho aceptaba para alimentarse.

Tanto a la hora del almuerzo como al momento de la cena, la mujer subía a hurtadillas la escalera para no alterar a su hijo, espiaba por la cerradura, de modo tal de asegurarse de que el muchacho estuviera alejado de la puerta y, apresuradamente, abría la puerta dejando la bandeja con el alimento sobre el piso.

Con esa rutina fueron pasando los años. La familia vivía una tranquilidad ficticia, producto de la decisión que habían tomado de encerrar a Pedro en el desván. El resto de los familiares prácticamente habían olvidado su existencia. Sus padres casi no lo nombraban. Era como si Pedro se fuera desintegrando con los años hasta dejar de ser y de existir.

Así pasaron cinco años. Pedro tendría ya unos quince años de edad, era todo un adolescente, pero en la mente de un niño pequeño. Por esa época en la familia se dio lugar a un acontecimiento muy deseado por sus padres. La madre estaba embarazada nuevamente.

Esos nueve meses fueron eternos para los padres del joven. Ambos temían terriblemente que su futuro bebé tuviera los mismos problemas que Pedro. Por fortuna, la madre dio a luz una bella niña a la que llamaron Laura.

Esos primeros meses en los que la madre debió ocuparse de la recién nacida, hubo más de un día en el que Pedro no recibió sus panes tostados con salsa de tomate, hecho que lo enfureció sobremanera, e hizo que día a día su ira, resentimiento y odio para con sus padres creciera aún más y más.

*****

IX

Con todo el tiempo a su favor, desde su confinamiento y su curiosidad por conocer detalles de ese nuevo ser que habitaba la casa, Pedro descubrió que en un rincón del desván, justo al borde, una de las tablas del piso estaba suelta. Con una pequeña cuchara que su madre había olvidado, el muchacho lentamente comenzó a desprender el tablón.

Día a día su empecinamiento por conocer qué había debajo lo llevó a desprender de las vigas del piso dos tablas completas. El tipo de construcción de la antigua casa dejaba, entre el cielorraso de la habitación de la planta baja y el maderaje que oficiaba de piso del desván, un estrecho espacio por el cual Pedro se podía deslizar. Este descubrimiento le abrió un nuevo panorama a su vida. Deslizándose por él y a través de los pequeñísimos orificios de las conexiones de luz y de ventilaciones, podía acceder a todos los ambiente de la casa que hasta ese momento le habían estado vedados.

Como una comadreja recorría y espiaba los movimientos de su familia, en especial a su madre, atendiendo las necesidades de su pequeña hermana. Era cuidadoso y no hacía ruido, increíblemente su mente había desarrollado diferentes estrategias para sobrevivir. Él vivía a través de esa vida ilusoria. Una vida irreal a la que no podía acceder, por lo cual su resentimiento aumentaba día a día.

Por los agujeros que pacientemente había realizado, observaba a su padre alzar a la pequeña bebé y veía cómo la estrechaba contra su cuerpo y la desbordaba de besos. Pedro no recordaba que haya hecho eso con él. Era su madre la que siempre lo abrazaba y mimaba siendo un pequeño, hasta que esos lazos finalmente se rompieron y nunca más se sintió amado. Nunca más pudo sentir el latido del corazón de su madre cuando lo envolvía en esos abrazos infinitos.

El resentimiento de Pedro se alimentaba con el amor que veía desbordar por su hermanita. Los únicos momentos de placer eran sus comidas. Una noche, el padre se despertó alertado por un ruido. Era Pedro, que al tratar de colocar las tablas del piso que sacaba para introducirse en la cámara de aire que había descubierto, había hecho que chocaran una contra la otra. En el silencio de la noche el ruido se había multiplicado, despertando así a su padre.

El hombre se levantó y se dispuso a recorrer la casa, con el temor de que alguien se hubiera introducido para robarles.

Una vez recorridos todos los ambientes, se había dispuesto para volver a la cama, ya que no había descubierto nada que indicase que alguien hubiera entrado, pero de pronto una luz en el cielorraso del living llamó su atención. Se acercó al lugar y pudo observar que había un orificio en el techo. Le pareció extraño.

Dispuesto a averiguar de qué se trataba, subió a una silla que colocó debajo del agujero. Era muy regular para tratarse de una filtración o algún desperfecto de la casa.

Aunque estiró los brazos no llegó a tocarlo. Fue entonces que corrió una mesa que utilizaban para la vajilla. La colocó debajo del agujero y se subió a ella, pero tampoco daba la altura para alcanzar a ver de cerca el agujero.

Empecinado por descubrir de qué se trataba, e improvisando una escalera que lo acercara a su descubrimiento, subió la silla a la mesa y luego, con esfuerzo, se trepó a ella. Su cabeza casi daba con el cielorraso. Acercó los ojos para ver dentro del agujero, y para su sorpresa, un ojo humano lo miraba parpadeado. El susto fue tan impactante que lo hizo trastabillar. El hombre no tuvo de dónde agarrarse y cayó al piso. El impacto fue impresionante. La cabeza dio contra la estufa de metal, partiéndose.

La fractura de cráneo que se le produjo al caer ocasionó una pérdida masiva de sangre y masa encefálica. El charco se agrandaba con el correr de los minutos. Pedro estaba absorto con la imagen de su padre tirado en el piso, pero realmente lo que acaparaba su interés al máximo era la mancha escarlata.

La madre de Pedro encontró a su marido a la mañana siguiente. La mujer despertó, y al no encontrarlo en la cama a su lado se levantó para ver dónde estaba. Al llegar al living se encontró con el cuerpo de su marido tirado al lado de la mesa. La silla estaba volteada al lado del cadáver. Nadie reparó en el agujero del techo. Por él, Pedro observó cada movimiento de la familia. La llegada de la policía y los enfermeros de la ambulancia que se llevaron a su padre.

Ahora quedaban solo los tres, Pedro, su madre y su hermana. Aunque era improbable que el jovencito pudiera percibir la diferencia. El accidente no impidió que Pedro continuara fisgoneando desde ese cubículo los movimientos de la casa, ya que nadie alcanzó a descubrir por qué el padre había tratado se subir a esa silla sobre la mesa. Dieron por hecho que intentaba cambiar una lámpara y había caído.

La madre, después de tan terrible experiencia y al quedarse sola, incrementó su dedicación hacia Laura. Pedro era para ella, después de tanto tiempo recluido, una ausencia que solo se hacía presente en el momento de las comidas.

Pedro, por su parte, seguía dedicando las horas del día y de la noche a pasearse con sumo cuidado de hacer ruido, por su estrecho universo.

En una de aquellas visitas ocultas, llamó la atención del joven un ruido desconocido que provenía de un rincón debajo de las tablas. Lentamente se arrastró para llegar al lugar de donde provenía el sonido y descubrió algo que hasta ahora nunca había visto. Se trataba de una inmensa rata que lo observaba desde la oscuridad.

*****

X

Cualquier persona hubiera tenido una reacción de miedo, asco o repulsión ante la presencia de tamaño roedor. Pero para él ese descubrimiento significaba algo nuevo y atractivo. Representaba la única cosa con vida que podía hacerle compañía.

Pedro siguió arrastrándose sigilosamente, intentando tomar en sus manos al roedor, que extrañamente no se resistió y permitió que Pedro lo tomara en sus manos. Imitó a su madre cuando acunaba a Laura e hizo lo mismo que ella. Lo llevó a su habitación y compartió las migajas de pan con salsa escarlata que aún se encontraban en la bandeja que su madre retiraría al otro día.

El muchacho colocó la rata en una caja de cartón, improvisándole un lecho con trapos y papeles. Los ojos del nuevo habitante del desván lo miraron, clavando sus ojos en los de él. Se entabló así una comunicación que Pedro no había tenido nunca con ningún ser humano.

Su rutina de soledad se alteró con la presencia de su nueva compañera. Los primeros días el animal se dejó llevar por Pedro hacia su mundo, aunque éste siempre volvía a encerrarla en el desván con él, teniendo la precaución de acomodar las tablas que conducían hacia el entrepiso, dado que había observado que el roedor varias veces había intentado escapar por allí.

No pasó mucho tiempo cuando se hizo notorio que la relación de relativo afecto que se había creado entre los dos estaba llegando a un punto de deterioro que parecía marcar el final. La rata se escabullía cuando Pedro intentaba agarrarla, buscando desesperada una salida. Esto enfureció a Pedro. La mirada que antes arrojaba al animal con deseo de amistad se convirtió en resentimiento y odio al no poder mantenerla cerca de él como deseaba.

Trató en diversas ocasiones de cazarla, sin conseguirlo, y eso aumentaba cada vez más su agresividad. Pasó días y noches en este intento hasta que finalmente la arrinconó y pudo atraparla. La rata cayó en las manos de Pedro como si ellas fueran una trampera.

Desde ese momento se entabló una lucha entre Pedro y el animal deseoso de desprenderse de las manos de su captor para lograr huir. El roedor consiguió sacar la cabeza de entre sus manos, asestándole un mordisco en los dedos del joven, que aulló de dolor, pero apretando sus manos con más fuerza para no dejar escapar a su presa.

Pedro buscó con sus ojos algún elemento para sujetarla. Vio un trozo de soga que estaba tirado debajo de la mesa y se acercó a él. La rata se revolvía en el hueco de sus manos, enfureciendo con ello más y más a Pedro.

Arrojó la rata dentro de la caja, que había sido antes su nido y cuna, y cerró con las solapas la improvisada celda. Colocó su pie sobre ella sintiendo que el enfurecido animal buscaba cómo escapar, seguramente presintiendo su final.

Tomó el trozo de cable, haciendo con el mismo un rudimentario lazo, dejando el resto de la cuerda libre. Pensaba rodear el cuello del roedor con el mismo y, tal como había visto a través de la ventana, intentaría retener al animal como los perros que paseaban algunos habitantes de la zona en que vivía.

Se agachó y abrió una de las solapas, con una de sus manos arrinconó en un extremo de la caja al animal y con la otra pasó el lazo por el cuello del sorprendido roedor. La alzó y la sostuvo en el aire. La rata comenzó a saltar desesperadamente, intentando liberarse, pero las manos de Pedro fueron más rápidas. Tomó al roedor por el cuello y comenzó a realizar una danza macabra por la habitación, haciéndola girar mientras la rata, en su intento de desprenderse de las manos asesinas, se iba asfixiando. Pedro parecía un endemoniado. Tomó el extremo del cable y comenzó a golpear el cuerpo de su presa contra el piso y las paredes. A los pocos minutos de esta danza mortal, en el extremo del cable, pendía una masa uniforme de pelo y sangre. Otra vez la sangre despertó en Pedro su extraño apetito.

Arrastrando su carga macabra se dirigió hacia los restos que habían quedado de su cena, retiró con sus uñas la salsa en que estaban impregnadas las sobras de las tostadas, y reemplazó la misma por la sangre que instantes antes había recogido con sus dedos del cadáver del roedor.

Comió ávidamente los minúsculos trozos de migas crocantes, degustándolos como un verdadero manjar que se fijaría en su papilas gustativas y en su mente por el resto de su vida.

Una vez que terminó de comer aquel precioso alimento, tomó a la rata y pasó la lengua sobre el resto de la sangre que se encontraba sobre el pelaje, para luego envolverla en uno de los trapos que antes había utilizado para abrigarla. Levantó con cuidado las tablas y se deslizó a su mundo de sombras con su carga mortal. La depositó en un lugar apartado, olvidándose por completo de lo que había sucedido.

*****

XI

Los años transcurrieron para Pedro entre tinieblas y soledad. Su único contacto con la familia era a través de su madre a la hora de la comida y muchas veces ésta, en el trajín de atender a su hermana, se olvidaba de alimentar a Pedro. Esto hizo que el joven confinado creara un odio irracional contra su madre y su hermana.

Un mediodía de otoño la madre estaba apuradísima, ya que debía acudir a una reunión escolar de Laura, y la escuela de la niña estaba a algunos de kilómetros de su casa. El viaje le llevaría al menos media hora, de modo que preparó con rapidez el almuerzo de su pequeña, sin olvidar las tostadas de Pedro.

La mujer subió apresurada, dejó como siempre la bandeja sobre el piso del desván y se adelantó a salir, sin notar que no había cerrado con llave la puerta del desván, como solía hacerlo habitualmente.

Bajó casi corriendo, dado que el tiempo la apremiaba. Arriba Pedro comía, sin haberse percatado de que su madre no había cerrado el desván con la llave ni tampoco los cerrojos que su padre había colocado hacía ya varios años.

Cuando terminó de comer comenzó a caminar alrededor del cuarto, una actividad que para él era habitual. Al llegar a la ventana, notó que algo diferente se sucedía aquel día, aunque no podía precisar exactamente de qué se trataba. Por la ventana vio salir a toda prisa el coche de su madre. Continuó dando vueltas por el lugar, se acercó a la puerta, espió por la cerradura, como tantas veces había visto hacerlo a su madre antes de dejarle la comida por temor a que él la atacara, y casi por compulsión, giró el picaporte de la puerta. Fue ahí que notó que éste cedía al movimiento. La puerta que se abría le pareció un camino hacia un lugar desconocido que en principio lo asustó. Hacía años que no salía de ese lugar.

Pedro cerró y volvió a abrir la puerta varias veces. El ruido que produjeron las bisagras lo desconcertaron. Era un sonido desconocido y a él todo lo desconocido lo perturbaba.

Abajo su hermana se encontraba en la cocina, con el ama de llaves, haciendo los deberes de la escuela. Hablaban entre ellas y Pedro escuchaba como en un murmullo la suave voz de Laura. Lejos de ser esto tranquilizador, para el joven fue el motivo principal que lo impulsó a abrir la puerta definitivamente.

Con balanceos inseguros comenzó a bajar la escalera, peldaño a peldaño, cuidando obsesivamente de no ocasionar ningún ruido que delatara su presencia.

Esto pareció sucederse en horas, aunque tardó solo unos minutos en llegar al descanso donde se curvaba la escalera. En ese lugar, sobre una alta mesita donde se hallaban varios adornos y portarretratos, se encontraba un valioso y pesado candelabro de bronce que su madre había heredado de su abuela paterna. Este elemento extraño atrajo poderosamente su atención.

Se quedó inmóvil frente al increíble y resplandeciente objeto. Con un impulso desconocido lo tomó fuertemente en su mano y siguió descendiendo la escalera.

Su aparición en el vano de la puerta de la cocina sorprendió a las dos ocupantes del lugar. Era un desconocido para ellas, Laura nunca lo había visto y el ama de llaves solo en contadas ocasiones los últimos años, ya que la habitación, de tanto en tanto, era aseada por su madre.

Pedro no tenía intenciones de hacerles daño alguno, sin embargo, el miedo que percibió en los ojos de ellas y los gritos de terror que dieron al verlo despertó su furia incontrolable contra ellas.

Al abalanzarse sobre la mujer Laura pudo huir, refugiándose en su cuarto. Pedro se paró frente al ama de llaves, levantó la mano que sostenía el pesado y brillante candelabro de bronce y le asestó un fuerte golpe en la cara que le produjo la instantánea fractura en la nariz y la mandíbula. La mujer cayó pesadamente al piso de la cocina.

Su rostro emanaba sangre a borbotones. Esto pareció incentivar el instinto feroz de Pedro en presencia de ese líquido oscuro y espeso que comenzaba a derramarse sobre el piso, dibujando una mancha irregular alrededor de la cabeza de la mujer.

Sin tener conciencia de lo que había hecho, se dirigió hasta la despensa, abrió la puerta de la alacena y, como había observado a su madre, sacó el tarro azul que contenía las tostadas y lo colocó sobre la mesa.

Luego, se acercó a la mujer que yacía en el piso. Con esfuerzo la arrastró hacia la mesa, corrió una de las sillas y, a duras penas, la sentó en ella.

La mujer se desplomaba en cada movimiento. Pedro la acomodó como si fuera un comensal que lo debía acompañar en el almuerzo, la cabeza de la mujer cayó pesadamente sobre la mesa. Parecía una muñeca de trapo bañada en sangre.

Pedro se sentó en la otra silla, frente a ella, y abrió con la rapidez que sus manos le permitieron el frasco de tostadas. Sacó dos de ellas y las puso en un platito que estaba sobre la mesa. Luego estiró su mano y pasó los dedos sobre la sangre que ya ganaba el lugar, y untó con ella las dos manos, para después llevarlas a las tostadas y embeber con ese líquido viscoso y caliente las mismas. Por extraños designios de su mente había codificado que la sangre era un alimento y que también era un manjar.

Le llevó casi una hora realizar esa operación. Una vez que hubo terminado y dejando al ama de llaves en esa trágica escena, se dispuso a hallar su habitación.

Después de caminar con pasos lentos y torpes la encontró. La puerta estaba cerrada. Laura había escuchado los desgarradores gritos de la mujer antes de que Pedro le diera muerte, se había encerrado en ella y se había ocultado debajo de la cama, creyendo estar a salvo.

Enfurecido, el joven comenzó a golpear la puerta, que no cedió ante su empeño. Se dirigió hacia la cocina buscando algo con qué poder abrir la puerta de la que fuera antes su habitación. Frente a él estaba el cadáver del ama de llaves tal y como lo había dejado. La observó, sin que ello le ocasionara ninguna impresión ni señal que alertara su mente. No se acordaba de nada de lo que había ocurrido entre él y ella.

Recorrió el lugar con su mirada buscando algún objeto que le permitiera lograr su objetivo. Sus ojos se detuvieron ante un pesado banco de madera que su madre utilizaba para subirse a lo alto de las alacenas. Tomó el mismo y retornó por el pasillo a la habitación. Dando fuertes golpes, arremetió contra la puerta. La resistencia de la misma duró poco y se abrió con un sonido hueco y siniestro, mientras su hermana, aterrorizada, gritaba dando alaridos frente a ese desconocido que amenazaba su seguridad.

Pedro tiró el banco y se agachó para tomar el candelabro que había dejado en el piso cuando regresó a la cocina. Alzó el mismo y lo sostuvo en su mano, observando a Laura y el interior del dormitorio. En su mente enajenada pudo recordar el lugar que había cobijado su niñez, donde había construido ejércitos, luchado contra temerosos monstruos... su cuarto.

Solo que ahora ya no era tal y como lo recordaba. Primaba el color rosado y había muñecas por doquier.

En la lentitud de su mente pudo confirmar lo que había visto durante años desde aquel minúsculo universo que había descubierto.

Miró hacia un costado y allí pudo descubrir unos pequeños pies. Tiró de ellos, arrastrándolos, raspándole el rostro contra el piso y sacando a la niña afuera del escondite. La levantó como una de sus muñecas y la arrojó sobre la cama.

En un segundo, la que yacía asustada y temblorosa era su hermana, aunque él no sabía diferenciar qué significaba. Lo único que podía pensar era que ese ser se había robado los abrazos primero de su padre y luego, y para siempre, los de su madre.

Sintió un terrible odio hacia ella, a la que tantas veces, desde los agujeros que había hecho, pudo ver dormir pacíficamente en el que había sido su lecho. Sí, aquella niña que había visto crecer y acaparar el amor y atención de sus padres, estaba allí y era el objeto de su odio. Aquella niña que crecía amada, mientras él solo tenía como compañera la soledad.

La niña le rogaba que no le hiciese daño, cosa que enfurecía más y más a Pedro, quien caminó hacia el costado de la cama de Laura. La pequeña se cubrió con las mantas y a Pedro le recordó a la rata cuando, queriendo huir, se enredaba en los viejos trapos.

La furia había descompuesto su rostro que se cubría de una máscara grotesca de ferocidad. La boca se le había desencajado en una mueca hacia un costado y de la comisura de sus labios la baba, como una espuma, pujaba por colarse de la boca.

Todo su cuerpo temblaba en una convulsión de movimientos espasmódicos y violentos, mientras de su garganta se colaban aullidos de furia, como los que dan los animales cuando se encuentran acorralados. Ese era Pedro, el pobre Pedro que ya no tenía vuelta atrás.

Su hermana estaba aterrada ante tamaña escena, espiaba por un costado de la manta, esperando que ese desconocido se arrepintiera y saliera de la habitación, pero nada de eso sucedería.

Pedro, viendo ese bulto escurridizo entre las mantas, comenzó a golpearla con el pesado candelabro de bronce, lo balanceó hacia atrás con todas las fuerzas que poseía en su brazo derecho y enterró el objeto una y otra vez sobre ese bulto que se movía cada vez con más lentitud.

Golpeó y golpeó tantas veces hasta que las mantas quedaron quietas. Solo se detuvo cuando la escena se cubrió por completo de un intenso color púrpura. Pesadas manchas de un rojo demasiado oscuro comenzaron a aparecer en distintos lugares del cubrecama.

El joven se dirigió a la cocina, tomó dos tostadas, regresó al cuarto donde yacía su hermana y las untó, como un ritual, en la sangre. Regresó nuevamente a la cocina y se dispuso a comer las tostadas, cuando de pronto escuchó el ruido de la puerta de entrada. Su madre había regresado.

Pedro se asustó de los ruidos y corrió escaleras arriba para refugiarse en el único lugar donde se hallaba verdaderamente seguro: el desván.

Su madre, al entrar y no escuchar ningún sonido familiar, comenzó a llamar a Laura, pero no obtuvo ninguna respuesta por parte de la niña. Hizo lo mismo con el ama de llaves, y al no recibir ningún tipo de réplica a su llamado, se quitó el abrigo, dejó la cartera sobre el sillón y se dirigió a la cocina.

Se encontró con una visión aterradora. El cuerpo de su ama de llaves sentado forzosamente en la silla y desangrándose sobre la mesa la dejó sin aliento. Creyó saber quién lo había hecho. ¿Pero cómo, si su hijo estaba encerrado en el desván?

Un sentimiento de culpa la dominó. ¿Y si no había cerrado con llave la puerta antes de partir a la reunión de la escuela?

Su instinto de madre la hizo temblar, sabía que a su pequeña Laura algo le había sucedido. Corrió hacia la habitación de la niña, pero al encontrar la puerta destrozada tuvo la certeza de lo peor.

Entró con el corazón tan destrozado como la puerta. Se acercó a la cama de su hija y retiró las mantas ensangrentadas. Tomó a la pequeña entre sus brazos y la besó. No tuvo llanto para derramar. El dolor superaba las lágrimas. Solo un grito se escuchó en la casa. Era el grito del dolor y la impotencia.

La mujer tomó el candelabro que Pedro había dejado en el piso y salió de la habitación para dirigirse al desván. Estaba segura ahora que no había cerrado correctamente la habitación. Haría justicia. Terminaría con el suplicio que la había acompañado durante toda su vida y que ahora le había robado la única cosa por la cual permanecía con vida, su pequeña Laura.

Subió balanceando el candelabro en sus manos, lo hizo con lentitud y en silencio, no quería que se advirtiera su presencia. Se detuvo frente a la puerta del desván y observó las manchas de sangre en el picaporte y en el marco de la puerta. Si alguna pequeña duda le quedaba sobre el horror que había descubierto, la presencia de esas huellas ensangrentadas la confirmaba.

De un solo golpe abrió la puerta, y blandiendo el brillante y pesado candelabro de bronce, entró como una ráfaga en la habitación. Con su mirada recorrió la habitación en busca de Pedro. No lo encontró. Buscó en todos los lugares posibles en los cuales su hijo podría haberse ocultado. Nada. La mujer, confundida ante la ausencia, descargó el peso de su desgarrado cuerpo en el único sillón de la habitación. En el agotamiento, y al no tener más fuerza en sus manos, dejó caer el candelabro a un costado. Todo era confusión, dolor y desconcierto. Ya nada importaba.

Pedro observaba a su madre desde las rendijas del piso. Levantó con lentitud cada una de las tablas sin hacer el menor ruido. Se deslizó hacia arriba, y al pararse se acercó con sigilo hasta el sillón donde se hallaba casi desmayada su madre.

Al levantar el candelabro la mujer se sobresaltó. Abrió los ojos, pero el que veía ahí no era su hijo. Pedro estaba convertido en un grotesco cuerpo cubierto de sangre y violencia que la amenazaba. Por instinto se levantó de un salto e intentó ponerse a salvo, sin embargo, sus movimientos no fueron lo suficientemente veloces. Pedro la redujo con su brazo y la empujó, haciéndola sentar nuevamente.

*****

XII

La mujer rogó por su vida una y otra vez, pero su hijo no reconocía esas palabras. Solo veía a aquella que lo había abandonado y recluido en ese lugar, apartándolo de todo. Él simplemente veía a la mujer que tenía en brazos a esa pequeña niña, la que le había robado su espacio familiar. Aquella que debía golpear y golpear hasta que de su interior brotara el rojo manjar.

Sin importarle nada de esa mujer que movía los labios y los brazos, repitió su macabro ritual. Empuñó el candelabro y asestó los más feroces golpes que su furia podía dar, y estampó ese objeto contra el cuerpo de su madre, la cual se entregó como una mansa oveja a su designio final. Ya no sufriría más.

Agotado por el esfuerzo del violento ataque, se sentó junto al cadáver de su madre, se tomó la cabeza con las dos manos y comenzó a balancear su cuerpo rítmicamente. Pasó unas horas así hasta que un fuerte apetito lo sacó del trance. Se paró, tambaleándose, y bajó la escalera, conduciéndose hacia la cocina.

La oscuridad reinaba en el lugar, sin embargo, pudo encontrar el frasco azul que horas antes había dejado sobre la mesa. La sangre que brotaba del cráneo del ama de llaves llegaba hasta él, mojándolo. Pedro levantó la tapa y sacó dos tostadas. Con ellas en las manos subió las escaleras. Todo se repetía. Él, la violencia, la sangre, la comida.

Embebió las tostadas con ese líquido bermellón que le empezaba a ser tan necesario y comió con voracidad y placer. Pasó varios días encerrado en el desván con el cadáver de su madre, su hermana y la doméstica, hasta que al no tener noticias de Laura en la escuela y no responder a las llamadas telefónicas a la casa, mandaron a averiguar qué ocurría.

Al llegar al lugar personal de la escuela, se encontraron con el macabro hallazgo de los cadáveres, y la policía no tardó en hacerse presente. Confinado en el desván con sus ropas empapadas en sangre, Pedro vio acercarse unos llamativos automóviles con luces de colores intermitentes en sus techos y un sonido que lastimaba sus oídos.

Todo se desarrolló con velocidad. Los agentes de policía interrumpieron el silencio de la casa, Pedro escuchó voces y fuertes pisadas en la escalera. Atinó a esconderse debajo de las tablas, pero dos de los policías que entraron abruptamente en la habitación advirtieron la maniobra del joven, y lo detuvieron con velocidad, impidiendo que se deslizara hacia su mundo de oscuridad.

Pedro no se resistió mientras era esposado. Bajó con ellos la escalera tambaleando, pues su cuerpo cada vez presentaba mayores signos de deterioro.

Mientras lo llevaban hacia el móvil policial observó los tres cuerpos que estaban colocados en línea al lado de la puerta en bolsas negras de plástico. Esbozó una estúpida sonrisa. En manos de un personal uniformado pudo ver el candelabro de bronce dentro de una bolsa hermética y transparente. El arma mortal era para él solo un pesado brillo, cuya imagen lo acompañaría el resto de su vida.

El personal judicial se encargó de llevar a Pedro al Hospital Providencia, donde lo esperaba la doctora Benjamín para darle el ingreso como paciente. Ya no era el niño que había atendido hacía tantos años, ahora la figura de Pedro se mostraba realmente desintegrada por el aislamiento.

Aunque no fue diagnosticado, fue tratado con medicamentos que atenuaron su agresividad y lo convirtieron, con el correr del tiempo, en un individuo taciturno y hermético. Una sombra con rituales en las comidas que solo se alimentaba a base de pan tostado y salsa kétchup.

No mostraba signos de ser peligroso para la sociedad ni para sí mismo. La doctora Benjamín no dudó de darle el alta después de cuatro años, coincidiendo esto con el cierre del Hospital por razones presupuestarias.

Esta ausencia de contención del estado dejó a Pedro en la calle, comenzando así su errática vida que lo llevaría a habitar en el callejón al costado de la casa de empeños, donde hoy mira un objeto que sigue presente en su memoria. El brillante candelabro de bronce que lo remonta a su pasado.

El vagabundo sonrió nuevamente ante la imagen del candelabro y recordó lo feliz y libre que se había sentido cuando lo empuñaba.

****

Mas Libros de Interés

El Hospital Regional

En esta novela de misterio y suspenso, la familia Rodríguez regresa de unas merecidas vacaciones en la costa, pero el automóvil en el que venían sufre un desperfecto.

Están a 20 kilómetros del pueblo más cercano y frente a un desolado paisaje. Lo único que les queda es pedir asilo temporario en la última casa que vieron pasar.

El Parque del Horror

El verano del año 1963 en las afueras del pueblo, comenzó a construirse un parque de diversiones con atracciones mecánicas.

Un día como tantos otros se produce la tragedia: ¿Qué fue lo que realmente sucedió en ese parque? ¿Qué vio Jano, uno de los niños, esa tarde? ¿Quién era el maquinista que dirigía la atracción?

El Grito

En esta novela de misterio y suspenso, Julio, principal protagonista, es un estudiante universitario.

La historia da comienzo en una cafetería en la que Julio comienza a escuchar una voz que pide auxilio desde el fondo del recinto.

Historias Reales de Misterio

¿Cuáles son los misterios que rodean la vieja torre de Londres?

¿Quién fue El monstruo de Gloucester?

¿Cuáles son los secretos que esconde la casa matusita en Perú?

Éstos y otros misterios están detallados en este libro que no solamente reúne extraños incidentes ocurridos en el mundo entero, sino también aquellos poco conocidos por gente común que cuenta lo que ha vivido.

www.ingramcontent.com/pod-product-compliance
Lightning Source LLC
LaVergne TN
LVHW011732060526
838200LV00051B/3153